KU-350-886

LYNDHURST HOUSE
PREPARATORY SCHOOL

Lyndhurst House School

Prize Awarded to

Year

For

Date

The Gruffalo first published 1999 by Macmillan Children's Books
This Latin edition first published 2012 by Macmillan Children's Books
a division of Macmillan Publishers Limited
20 New Wharf Road, London N1 9RR
Basingstoke and Oxford
Associated companies throughout the world

ISBN: 978-0-230-75932-9

Text copyright © Julia Donaldson 1999
Illustrations copyright © Axel Scheffler 1999
Translation copyright © Ben Harris 2012

Moral rights asserted.

All rights reserved. No part of this publication may be reproduced, stored in or introduced into a retrieval system, or transmitted, in any form, or by any means (electronic, mechanical, photocopying, recording or otherwise) without the prior written permission of the publisher. Any person who does any unauthorised act in relation to this publication may be liable to criminal prosecution and civil claims for damages.

1 3 5 7 9 8 6 4 2

A CIP catalogue record for this book is available from the British Library

Printed in China

Translator's note: because this Latin translation is in elegiac couplets, the *a* in *gruffalo* should be pronounced *ar* as in *far*.

THE GRUFFALO

LATIN EDITION

Julia Donaldson
Illustrated by Axel Scheffler
Translated by Ben Harris

MACMILLAN CHILDREN'S BOOKS

olim per silvam mus rusticus ambulat atram.
murem avide vulpes conspicit atque rogat:
"quo peregrinaris solus, tu muscule fulve?
sub tellure meae mensa domi tibi sit."
"eheu! tu vulpes, ego gratiam ago tibi magnam,
sed gruffalonis fercula tutus edam."

"quidnam gruffalo? mirabile nescio nomen."
"tu gruffalonis nescia et immemor es?

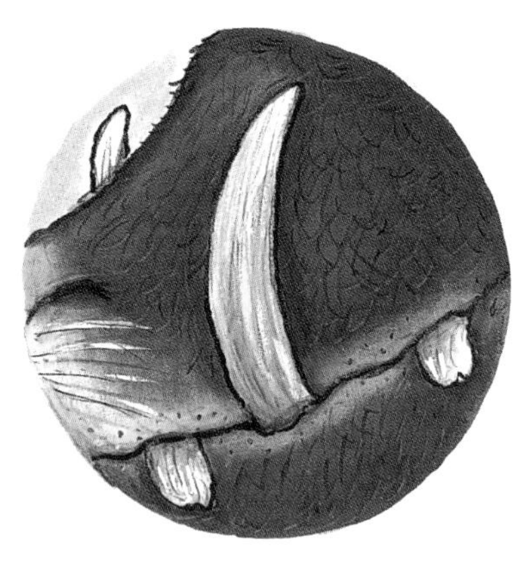

faucibus horrendis

et saevis
unguibus ingens,

dentibus est multis belua terrificis.

non procul his saxis veniet, nam diligit assam
gruffalo vulpem" mus ait "inde cave!"

"*ne coeamus*" ait, tum credulaque exanimisque
effugit haec vulpes: "*muscule fulve, vale.*"

"ista fugam nunc festinat stolidissima vulpes?
nam gruffalonem silvam habitare nego."

ergo per silvam mus rusticus ambulat atram.
murem avide bubo conspicit atque rogat:
"quo peregrinaris solus, tu muscule fulve?
fagis in summis esca meis tibi sit."
"eheu! tu volitans, ego gratiam ago tibi grandem,
sed gruffalonis mox dape plenus ero."

"quidnam gruffalo? mirabile nescio nomen."
"tu gruffalonis nescius? immemor es?

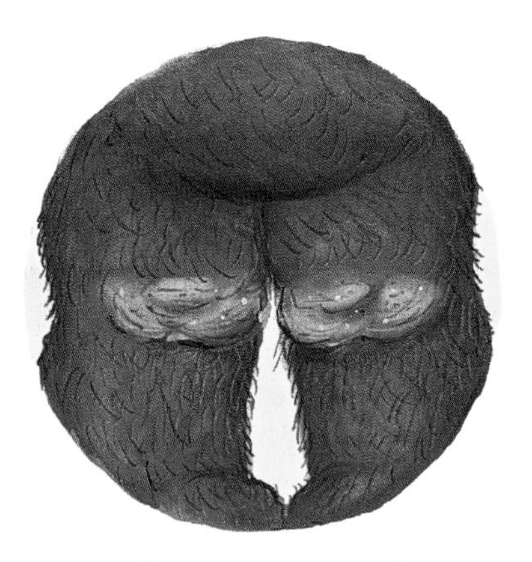

nodosis genibus

digitisque est
torquibus atrox;

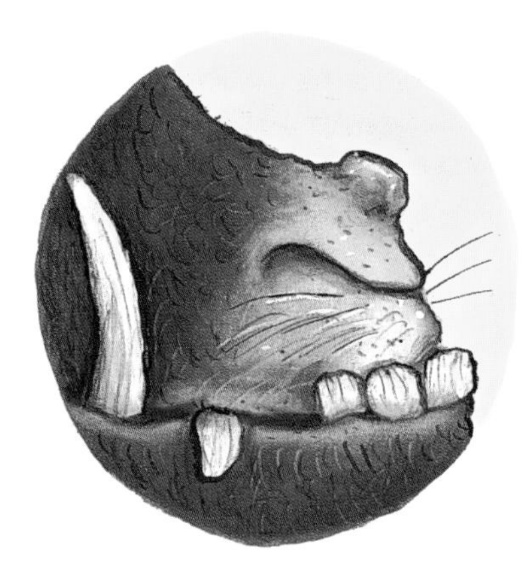

tincta veneno imis pustula naribus est.

non procul hoc rivo veniet, nam quippe gelatam
diligit ille ululam" mus ait "inde cave!"

"*ne coeamus*" ait, tum credulus exanimisque
effugit hic bubo: "*muscule fulve, vale.*"

"iste fugam nunc festinat stolidissimus ales?
nam gruffalonem silvam habitare nego."

ergo per silvam mus rusticus ambulat atram.
murem avide serpens conspicit atque rogat:
*"quo peregrinaris solus, tu muscule fulve?
subter stipitibus cena meis tibi sit."*
"eheu! tu serpens, ego gratiam ago tibi vastam,
sed gruffalonis divitiae mihi erunt."

"quidnam gruffalo? mirabile nescio nomen."
"tu gruffalonis nescius? immemor es?

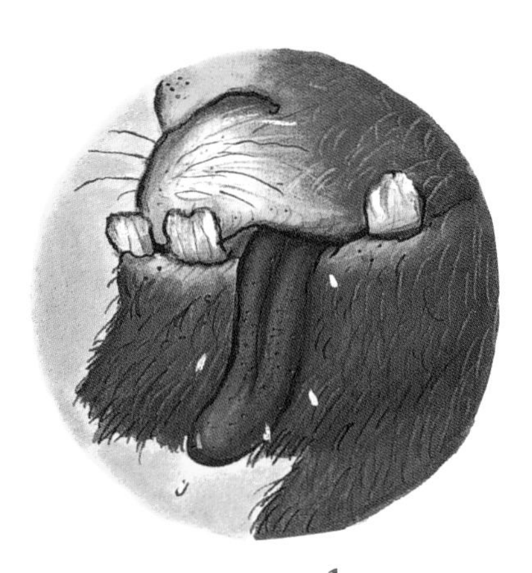

igne micant oculi rutilo;

longa atraque lingua est;

spinis in dorso bestia purpureis.

non procul hoc stagno veniet, nam diligit anguem
gruffalo tunsum" mus ait "inde cave!"

"ne coeamus" ait, tum credulus exanimisque
effugit hic serpens: *"muscule fulve, vale."*

"iste fugam nunc festinat stolidissimus anguis?
nam gruffalonem silvam habitare neg . . .

faucibus horrendis et saevis unguibus ingens,
dentibus est quaenam belua terrificis?
nodosis genibus digitisque est torquibus atrox;
tincta veneno imis pustula naribus est.
igne micant oculi rutilo; longa atraque lingua est;
spinis in dorso bestia purpureis.

“eheu! gruffalo!”

inquit gruffalo gaudens asperrimus "*esca*
in frusto bona eris, muscule, paniceo!"

cui mus "gruffalo, cibus optimus non ego" dicit
"me duce carpe viam moxque ita testis eris:
mus ego sum parvus sed terribilisque ferusque
omnes per silvas; omnibus et pavor est."

gruffalo "*salve; duc, muscule fulve*" cachinnat
"*et te posterior per nemus omne sequar.*"

inde diu lucis horrentibus ingrediuntur
et gruffalo ait "*en! sibilus in foliis.*"

mus ait "est serpens" felixque salutat amicum
qui gruffalonem conspicit atque tremit
"horror!" et ex oculis subito fugit anxius anguis
ima sub ligna domum: *"muscule fulve, vale."*

"an cernis? sic fama secuta est" musculus inquit.
inquit gruffalo "*muscule, miror ego!*"

praeterea lucis horrentibus ingrediuntur
et gruffalo ait "*en! carmen in arboribus.*"

mus ait “est bubo” felixque salutat amicum
qui gruffalonem conspicit atque gemit
“horror!” et ex oculis subito fugit anxius ales
summas in fagas: *“muscule fulve, vale.”*

"an cernis? sic fama secuta est" musculus inquit.
inquit gruffalo *"rustice mus, stupeo!"*

praeterea lucis horrentibus ingrediuntur
et gruffalo ait *"en! et sonus et crepitus."*

mus ait "est vulpes" felixque salutat amicum
qui gruffalonem conspicit atque fremit
"*horror!*" et ex oculis subito fugit anxia vulpes
sub tellure domum: "*muscule fulve, vale.*"

tum mus "gruffalo, me terribilemque ferumque"
dicit "nonne vides? omnibus et pavor est!
iamque (fatebor enim) dulcissima cena friatus
est mihi gruffalo!" *"muscule fulve, vale!"*

gruffalo gemitu fugit indignatus in umbras
et ruit ipse domum turbidus ut Boreas.

frondea tecta silent; in silva musculus atra
invenit ille nucem, nuxque sapore bono.